ゴール！ おねしょに アシスト

井嶋敦子●作　こばやしまちこ●絵

国土社

もくじ

1●キッズサッカー大会

今日《きょう》は、キッズサッカークラブ、アンダー10《テン》地区大会の決勝戦《けっしょうせん》だ。
十歳以下《さいいか》のサッカーチームの、地区優勝《ゆうしょう》が決まる。
ボールを受けた畑宮海斗《はたみやかいと》は、ピッチの左サイドをドリブルでかけあがる。
「海斗、行けぇ！」
歓声《かんせい》の中から、ママのさけび声が耳に入ってくる。
ゴールラインが見える。あそこで得意《とくい》のクロスをあげる。
フォワードが走ってきた。
頭の中に、海斗のアシストでゴールが決まるイメージが見えた。
と、相手ディフェンスが体をぶつけてきた。ラグビー選手《せんしゅ》みたいにいかつい体が、ガツンと海斗をおしもどす。

ぐっと足をふんばって体を回転させた。が、相手におしつぶされ、芝《しば》にひざをついたとたんにボールをうばわれた。

つんのめってころがり、あお向けになる。

見あげると、五月の青空に白い雲。

なにやってんだ、おれは。空なんか見てる場合じゃないだろ。

いそいで立って、ボールのゆくえを目で追った。

こんなサッカーびよりなのに、海斗は失敗《しっぱい》ばかり。

飯島《いいじま》ジュニアフットボールクラブ、飯島ＪＦＣ《ジェイエフシー》は、優勝候補《ゆうしょうこうほ》のブラウジュニアと対戦《たいせん》していた。

ブラウジュニアとはなんども対戦しているが、いちども勝ったことがない。

試合開始直後《しあいかいしちょくご》に、コーナーキックから相手フォワードにヘディングされ、

１点取られたが、前半終了《しゅうりょう》まぎわ、菅原《すがわら》まほが、ピッチの中央からキーパーの頭をこえるロングシュートを決め、同点に追いついた。

でも後半は、せめられっぱなし。左サイドハーフの海斗のミスで、きけんなシュートをなん本も打たれていた。

飯島ＪＦＣの右サイドバックが相手選手《せんしゅ》とせり勝って、トップ下のまほにパスを通す。トップ下は、試合《しあい》をコントロールする重要《じゅうよう》なポジションだ。

まほは他の男子よりボールコントロールもうまいし、試合全体を見わたせる目も持っている。

まほが、海斗にちらっと目くばせし、ドリブルで相手ディフェンスの間に切りこんでいった。

まほのポニーテールがゆれる。

海斗も走りこむ。

まほが、前を向いたまま、すぐうしろにきた海斗にパスした。

ノールックパスだ。さすがだ、まほ。

海斗がパスを受けて顔をあげると、キーパーと一対一。

「打てっ！」

まほがさけんだ。が、いっしゅん、海斗は、まよった。

このまえの試合《しあい》でも、こんな場面あったよな。まっすぐけって、キーパーに止められた。

やっぱり自信《じしん》ない。ここは、おれよりいい位置《いち》にいる味方にパスだ。

まほに横パスをだした。

とたんにディフェンスがふたりよせてきて、まほはボールをうばわれた。

相手選手《せんしゅ》はロングパスをけり、それを相手フォワードが胸《むね》でトラップした。

シュート。

ズバン！

あっさり決められた。

チラッ

「なんで打たなかったの」
まほがきびしい顔で海斗をにらんでくる。
まほの顔が鬼《おに》に見える。
「まほのほうが、決められそうで……」
まほは、にらみながら
チームメイトに声をかけた。
「さあ、切りかえ切りかえ！
1点返すよ！」
でも、そのままタイムアップ。
試合《しあい》は2対1。
ブラウジュニアの勝利《しょうり》でおわった。

2 ● 畑宮海斗《はたみやかいと》の場合

「海斗、どうしてあそこでシュートしなかったの」

試合《しあい》から帰る車の中で、ママにもいわれた。

「このまえ、おんなじ場面で止められた。自信《じしん》なかった」

こたえながら、自分がなさけなくてどうしようもない。

ママは学生のころ、サッカー選手《せんしゅ》だった。ときどき、ママとパス練習するが、かなりうまい。

ママはいまは飯島総合病院《いいじまそうごうびょういん》で事務《じむ》の仕事をしている。

「海斗、練習では、まほちゃんよりシュートうまいじゃん。なのに試合になると、なんでへたれになるんだろね」

そんなこと、いわれなくても自分がいちばんわかっている。

「それにしても、ワールドカップ、エムバペのアシストとシュート、えぐかったよね～」

ゆうべ家族でワールドカップを見た。テレビで見る超一流《ちょういちりゅう》サッカー選手《せんしゅ》のプレーは人間ばなれしていた。

こうふんしてねむれなくて、睡眠不足《すいみんぶそく》だったからミスが多かったんだと思う。

そしてもうひとつ。今朝《けさ》、あれ、やっちゃったから……。


あーあ、この感じ。下半身のしっとりした感じ。

また、おねしょだ。

そうっとおきあがり、海斗はパジャマのパンツをずりさげた。

おねしょパンツがびしょぬれで、パジャマまでやられている。

ゆうべ、大声あげながらサッカーを見てのどがかれ、つい、ジュースをごくごく飲んだせいだ。

おねしょシーツもぬれているけど、下のマットはだいじょうぶだった。

全部ぬいで、おねしょシーツにくるむ。

ママの顔が目にうかぶ。

だいじょうぶ、あらえばいいだけって、わらってくれるだろう。

でもそのよこで、妹のなつみがニヤニヤってしているんだ。

なんであいつは、一年生なのにおねしょしないんだろう。不公平《ふこうへい》だ。

「海斗、はやくおりてきなさい。ごはんできたよ」

階段《かいだん》の下から、ママの声。

「わかった、いま着がえる」

さっと着がえ、おねしょシーツにくるんだぬれた一式を持って、階段をかけおりる。

「わるい。ママ、またせんたく、たのむ」

「お、グッドタイミング。いま、あらうものの仕分けしてたとこ」

ママはいつものママだった。

「ママ、サンキュ」

このもうしわけない気持ち、三日連続《れんぞく》だ。

ママがわらっていう。

「気にしない、気にしない」

「うん、わかった」

頭の中で気にしない、気にしないといいつづけながら、朝ごはんのならんだテーブルについた。

「なんだ、その顔は。またおねしょしたのか、海斗」

いすにすわりながら、パパがいった。

「えー、おにいちゃん、またおねしょしたんだ！」

なつみが、うれしそうに身をのりだした。

朝がおねしょの話題ではじまるなんて、なさけない。

自信《じしん》もってシュートなんて、打てるわけないよな。


ゆうごはんのときだ。

「えーっ、亜美《あみ》、こっちに帰ってくるの！」

かかってきた電話に出たママが声をあげた。

東京《とうきょう》にいるママのサッカー仲間《なかま》で大親友の、吉村《よしむら》亜美さんからの電話だった。

「そうよね。亜美のおかあさん、七十歳《さい》だものね、ひとりぐらしはさみしいわよね」

亜美さんは、結婚《けっこん》してから東京に住んでいるが、実家は海斗の家の近くだ。

海斗も行ったことがある大きな古い家だ。

「礼流《れいる》くんが心配？　だいじょうぶよ。うちの海斗もいるし。そうそう、こっちの学校、四年生は一クラスしかないからね。おなじクラスよ」

とつぜん海斗の名前が出てきた。

「なにママ、おれがなんだって？」

「そうね、またあとで電話して。じゃ」

ママは海斗にこたえず電話を切った。

「やったやった。亜美、こっちに帰ってくるんだって。そうだったらいいなあって思ってたの。ねがいがかなっちゃった」

パパが、口の中のものをごくりと飲みこんで、顔をあげた。

「亜美さん、東京からユーターンするのか」

「そうなんだって。東京でマンション買ってくらしてたのにね。このまえ、亜美のおかあさんが、足、骨折《こっせつ》して、うちの病院に入院しちゃったでしょ」

海斗も口をはさんだ。

「ママ、よく病室に行ってるよね」

「そう。臨床心理士《りんしょうしんりし》やってる亜美のようなメンタル、気持ちのケアはできないけど、ようすを見にね。きのう面会したときは、ひっこしてくるなんて話、なかったのに、きゅうに決まったらしいの。亜美の夫《おっと》さん、研一《けんいち》さんが、こっちの飯島病院で働《はたら》きたいって希望《きぼう》して、もどること決めたんだって。研一さん、いい人よね」

パパがななめ上を見ながら、思いだすようにいった。

「そうか。研一さん、こっちにくるんだ。たしか、外科医《げかい》だったよな」

パパは飯島総合病院の放射線技師《ほうしゃせんぎし》で、ママは受付事務《うけつけじむ》だから、病院のことにはくわしい。

「そう。消化器外科《しょうかきげか》の先生ね。いま外科の医者がたりなくて、うちの病院、大かんげいだって。むすこくんも頭いいらしいよ」

「なにママ、そのむすこくんが、おれのクラスに転校してくるってこと？」

「そうよ。礼流くん。かわいい子よ。めんどうみてあげてね、海斗」

「そりゃまあ」

礼流っていう名前は、ママからなんどかきいたことがある。海斗とおなじころにこっちで生まれて、赤ちゃん時代は、おたがいの家を行ったり来たりしていたらしい。

「いい子ね、海斗。おねがいね！」

東京から、医者の子が転校してくる。いまの四年一組、みんな顔なじみでいごこちいいのに、へんなやつだとこまる。

でもママの知りあいだから、冷《つめ》たいあつかいもできないよな。

あーあ、おねしょだけでも気が重いのに、またひとつ心配ごとがふえた。

3● 吉村礼流《よしむられいる》の場合

とつぜん目がさめた。

クリーム色の天井《てんじょう》が見える。ベッドのまわりにはなにもない。

えっ、どうして?

とびおきた。

部屋の入口にはダンボール箱《ばこ》が積《つ》みかさなっている。そのとなりに、大小二個《こ》のスーツケースがある。

ああそうだった。今日《きょう》、ひっこしなんだ。

なんだかパンツが重い。またやったかもしれない。

そうっとパジャマのパンツをさげる。

紙オムツがしっとりと重い。

おねしょだ。やっぱり。

せんたくものが出ないよう、紙オムツをしてねたのはせいかいだった。

おねしょの治療《ちりょう》はしているけれど、まだ一日おきくらいしか成功《せいこう》しない。

クリニックの先生が、ストレスがあると、おねしょがふえるといっていた。

ほんとうは、ひっこしはしたくなかった。

いつもとちがうくらしは、苦手《にがて》だ。

ひっこしのストレスで、おねしょしたんだと思う。

おばあちゃんはやさしくて大好《だいす》きだけれど、ひっこしたら、また、毎日おねしょするのかもしれないな。


ゆうぐれがひろがるなか、タクシーは空港へ向かって走っている。

羽田空港《はねだくうこう》が見えてきたとき、ママがいった。

「きのうのうちに、ひっこし業者さんがきてくれれば、向こうへついてすぐに、新しいマンションに入れたのに。とつぜん変更《へんこう》なんて、まいったわ」

パパはきのうから家にいなかった。パパは外科医《げかい》だから、夜中によばれて病院にかけつけることも多い。

「パパは先に行ってる。もう飯島総合病院《いいじまそうごうびょういん》で仕事してるよ」

「ママがいれば心配ないです」

女子サッカー部のキャプテンをやっていたママは、パパよりたよりになる。

ガタガタと、車のうしろでスーツケースが音をたてた。あの中には礼流の紙オムツや、おねしょパンツが入っている。

「今日《きょう》はホテル泊《ど》まり？」

「ホテル、取れなかった。きゅうに決まったからね。で、ママの友だちの畑宮《はたみや》真理《まり》さんにたのんで、家に泊《と》めてもらうことにしたの。よかったわよね、持つべきものは友だちよ」

ひっこしっていうだけでいやなのに、
はじめての家に泊めてもらう！。

ストレスマックスだ。

「畑宮さんの家に泊まるのは、一泊《ぱく》だけ？」

「そ。明日《あす》の昼、マンションに荷物がつくから、かたづけよう。パパもくるよ」

「りょうかいです」

いやだけど、しかたない。

一日くらいはがまんできる。

また紙オムツをしてねればいいだけだ。

しかし……。

「みんなでいっしょの部屋にねるわけ？」

「礼流は海斗《かいと》くんの部屋だって」

「海斗くんとふたりで？」

海斗っていう名前は、ママの話をきいて知っていた。

「そ。むかし、まくらをならべてねたことあるんだからね」

「むかしって」

「礼流はママが里帰りして生まれたから、真理の家やうちの実家で、よくいっしょにねてたよ」

「それって、赤ちゃんのときのことですよね」

「ま、おなじクラスになるんだから。はやめに会ってもいいよね」

「あの、おねしょが心配なんですが……」

「おねしょしてもオッケーなように、準備《じゅんび》しとけばいいって。ゆうべとおなじ」

「でも、海斗くんがいますから……」

「そっかあ。ちょっとはずかしい、かな。いったよね、ママもむかし、おねしょしてた。友だちの家に泊《と》まるってなったとき、やっぱりはずかしかった。でもね、その子とは親友だったから、その子におねしょのこと話したの。そしたら、なんか前よりもなかよくなれたっていうか。

うそつかないで、おねしょのこと、いってみたら？　だいたい礼流、ごまかすとか、うそつくって苦手《にがて》だよね」

「でも、赤ちゃんのときしか会ったことないのに……」

「礼流はなんでもていねいだから。きっと受けいれてもらえる。それとも、ママが真理におねしょのこと、話しておく？」

「いや、これはぼくの問題だから。ぼくが話します。そして、はやく友だちになれるよう、がんばりますから」

4 ● 礼流《れいる》がやってきた

今夜、吉村《よしむら》礼流という子が家にやってくる。

ママの親友の子だからって、よく知らない子をいっしょの部屋に泊《と》めるなんて、信《しん》じられない。

ママはやさしい。どんな人にも。それはわかってる。

病院でも、「九十歳《さい》のおばあちゃんが来院するたび、『あんたがいるからまたきたよ』っていうのよ。手をひいて、待合室《まちあいしつ》のソファーにすわらせてあげるだけなのにね」とかいっている。

パパによれば、受付《うけつけ》のママは評判《ひょうばん》がいいらしい。

亜美《あみ》さんとママは、女子サッカー仲間《なかま》だ。小学生のときからおなじサッカー部で、高校からはべつべつだったけれど、亜美さんがひっこすまで、地元のクラブチームの女子部でいっしょだった。

パパは女子チームのサッカー観戦《かんせん》でママをみそめて、プロポーズしたらしい。亜美さんはその後、お医者さんと結婚《けっこん》し、東京《とうきょう》に行ったが、パパも亜美さん夫婦《ふうふ》と、むかしから知りあいなのだ。

でも、いくらパパとママの知りあいだからって、あんまりだ。海斗《かいと》の気持ちなんて考えてくれていない。ひどすぎる。

海斗が、なかなか気がはれずにいるときだった。

ピンポーン

玄関《げんかん》のチャイムが鳴った。

「亜美がきたわ！」

ママは玄関に走っていく。

あいさつしなきゃだめだよな。

海斗も立ちあがった。なんか、体が重い。

ママが玄関《げんかん》のドアをあけると、大きなスーツケースを持った女の人と、お母さんより少し背《せ》の高い男の子がいた。

「ごめん、真理《まり》。とつぜん泊《と》めてもらって」

亜美さんはもうしわけなさそうにいった。

ママはスーツケースを手に取って中に入れ、

「いいっていいって。この大きなスーツケース、今日《きょう》つかうの？」

「ううん。こっちはマンションに行ったとき必要《ひつよう》なもの、まとめておいた。小さい方は今日のにもつ」

「じゃ、大きいのはこのまま玄関においてと。えんりょしないで、あがって」

そのとき、パパが二階からおりてきた。

「お、亜美さん、ひさしぶり」

「おせわになります」

亜美さんがパパに頭をさげると、ママがいった。

「この家、広いのだけが取《と》り柄《え》だから。えんりょしないで」

海斗《かいと》はちらっと玄関《げんかん》の男の子を見る。

背《せ》が高くて、すこしウェーブのかかったかみで、すずしげな目をしている。

イケメンじゃん。

そのとき、亜美さんのとなりで、気をつけポーズで立っていたイケメンくんが口をひらいた。

「畑宮海斗《はたみやかいと》くんですね。ぼく、吉村礼流《よしむられいる》といいます。よろしくおねがいいたします！」

げっ、気をつけのままいうんかい。

へんすぎる。やばい気がする。

と思ったけれど、ここはちゃんとやらねば。

「こちらこそ。礼流くん、よろしく」

ママのとなりで、海斗はちょっと頭をさげた。

「礼流ってよんでもらえますか。そして、ぼくも海斗ってよんでいいですか？」

よびすて？　やばいやばい。

会ったばかりでよびすてなんて、へんなやつすぎる。

でもここは、ママの手前、あわせなきゃな。

「ああ。じゃ、礼流、オレの部屋に泊《と》まるんだよな。にもつ持ってきて」

「ありがとう、海斗」

海斗たちが階段《かいだん》をあがっていくとき、ママたちの声がきこえた。

「子どもっていいわね。すぐなじんじゃう」

「そうね、赤ちゃん時代、いっしょだったものね」

いや、なじんでなんていない。

しかたなくおせわしてるだけだ。

二階が海斗の部屋だ。

「ここ。どうぞ中に」

海斗が部屋のドアをあけると、中を見た礼流が声をあげた。

「海斗もサッカーするんですか！」

机《つくえ》の上にサッカーボールがあり、ハンガーラックには、オレンジと青のサッカーウェアがかかっていた。

「ああ。飯島ＪＦＣ《いいじまジェイエフシー》っていうクラブチームに入ってる。礼流も？」

「はい。戸島《としま》ゼノビアのアンダー10《テン》チームに入っていました」

えっ、それはすげえ。

「Ｊ１《ジェイワン》チームの下部組織《かぶそしき》なんてすごいな」

戸島ゼノビアは、日本プロサッカーのトップリーグ、Ｊ１でも、さらにトップクラスのチームだ。いっきに礼流にきょうみがわいてきた。

どれだけやれるんだろう。うちのチームに入ってくれるよな。

「ポジションは、最前線《さいぜんせん》でゴールをねらう、センターフォワードです。力はないけれど、背《せ》が高いからやりなさいっていわれて。でも、たのしくやっていました」

「オレは中盤《ちゅうばん》っていうか、左サイドハーフ。トップ下をやることもある。フォワードにボールをあげるほう。うちのフォワード、背が高いやついないから、大かんげいだと思うな」

「ありがとうございます。この前のサッカーワールドカップを見て、サッカーやりたくてたまらなくなっていました。ひっこしの準備《じゅんび》で、しばらくやっていませんでしたから」

「じゃ、たのむな。たぶん、うん、うちのチームに入るの、たぶんだいじょうぶだ」

といったものの、飯島ＪＦＣは、けっこうレベル高いチームだ。

こいつ、つかえるやつなのか？

じゅんばんにお風呂《ふろ》に入って、ねる時間になった。

海斗のベッドのとなりに、ゲスト用のふとんがしいてある。

「ねるまえにこれを」

ふとんに正座《せいざ》して、礼流がいった。

礼流が、デイパックのポケットから小さな包《つつ》みをだした。くすり？

「礼流、病気なのか？」

いすにすわって海斗はきいた。

「いや、これはおねしょのくすりです」

おねしょ、のことばに、びくっとした。

礼流は銀色のシートから、小さいボタンくらいの、白くひらべったいくすりを取りだして指先にのせ、口の中に入れた。

「おねしょのくすりって、礼流もおねしょ？」

つられて思わず口にしたとたん、「礼流も」の「も」が頭のなかでこだまする。やっちまった！

「…………」

でも礼流はへんじをせず、口をとじたままだ。

なんだよ、こいつ。

礼流は目をとじて、口をすこし動かしている。

「あ、それ、もしかして、とかしてる？

水なしで飲むやつ？」

「…………」

まだ礼流はだまったままだ。

しばらくして目をあけ、礼流がこたえた。

「そうです。ミニリンメルトっていう、水なしで飲める舌下錠《ぜっかじょう》です。飲みこまずに、

できるだけ長く舌《した》の下において、ゆっくりとかしたほうが、きくんです」

「きく？　なにに？」

「おねしょです。尿《にょう》を濃縮《のうしゅく》させて、ぼうこうにたまる尿の量《りょう》をへらして、おねしょをへらすくすりなので」

「のうしゅくって？」

「うすい尿を濃《こ》くすることです。くわしくいうと、尿細管《にょうさいかん》にはたらいて……」

「あの、むずかしい説明《せつめい》はいいから。つまり、おねしょにきく、くすりっていうこと？」

「そうです。夜ねる前にミニリンメルトを飲んでいれば、ぼくは、だいたい一日おきにしか、おねしょしません。ということは、おねしょのない確率《かくりつ》は２分の１なので、毎日おねしょパンツをはいてねます。今日《きょう》はその上に紙オムツをつけているので、だいじょうぶと思います」

すました顔でいうと、礼流は正座《せいざ》のひざをついたまま腰《こし》をあげて、パジャマの下のおねしょパンツと、紙オムツを見せてくれた。

パンツはふつうのトランクスみたいで、おねしょパンツには見えない。

しかし、なんで、おねしょパンツまで見せるんだ。

こいつには、はずかしいとか、かくそうという気持ちはないのか？

「このおねしょパンツは優秀《ゆうしゅう》なんです。合計２００ミリリットル、つまりコップ一ぱい分の水分を吸収《きゅうしゅう》できます。あの、さっき、礼流『も』っていっていましたが、海斗もおねしょするんですか？」

とつぜんふられてめんくらった。

「い、いや、あの……」

おねしょは、家族以外《いがい》のだれにも知られたくない。でも、うそはいやだ。

どうしたらいいんだ。

「ぼくが、ほぼ海斗と初対面《しょたいめん》なのに、おねしょの話をしたのがふしぎですか？」

といって、礼流は正座しなおした。ふとんの上で、きちんと正座して話すやつなんて、はじめて見た。
「うん。まあ。ふつう、はずかしいことだろ。かくすよな」
礼流の目力が強い。まっすぐに目をあわせてくる。
つい、目をそらしてしまう。
「そうですね、はずかしいです、かなり。でも、ぼくの場合、はずかしいより
いまは、海斗に、つつみかくさず自分をわかってもらいたい気持ちが強くて。
友だちになりたいと思っていますから」
自分をわかってもらいたいから、はずかしいけど話したのか。
ちょっとうれしかった。それにしても……。
「友だちでも、ひみつがあってもいいと思うけど。なんで、そんなふうに思う
んだ？」
礼流は、すこしうつむき、なにか考えてから顔をあげた。
「性格《せいかく》だと思います。なにをひみつにして、なにをひみつにしなくていいのか、

おくすり

ぼくはうまく決められませんから。ぼく、人とのコミュニケーションが苦手《にがて》で、自閉《じへい》スペクトラム症《しょう》のけいこうがあると、診断《しんだん》されています」

「それ、発達障《はったつしょう》がい？　だよな」

ついこのあいだ、クラスで発達障がいの話をきいたばかりだった。

となりのクラスの特別支援学級《とくべつしえんがっきゅう》の子が、休み時間に海斗たちの教室に入ってきて、作りかけの工作の作品をこわした。みんないっせいにさわいだら、担任《たんにん》の山田先生が入ってきて、発達障がいのことを教えてくれた。

「はい。ＡＳＤ《エイエスディー》、自閉スペクトラム症の特性《とくせい》があります。でもいまのところ家でも学校でもこまっていることはないので、治療《ちりょう》も指導《しどう》も受けてはいません」

山田先生は「どんな人も、なにかしらの発達障がいの特性はあるはずなんだ」といっていた。こういうことなのかと思った。

礼流がひざをそろえた。

「ぼくは海斗と友だちになりたいんです」

礼流の視線《しせん》はまっすぐで、なんかこいつは信《しん》じられそうな気がした。

おれの直感は当たるのだ。

「あの、友だちの前に、もし海斗にもおねしょがあれば、治療したら、もっと気持ちがらくになると思うんですが」

またおねしょの話か。でも、なんか、こいつになら、自分のこともいえそうな気持ちになってきた。

「おねしょの治療もあるのか？　おねしょの治療するなんて、きいたことない」

かぜをひいたときに行く小児科《しょうにか》に、そんな紙がはってあった気もする。

「ぼくがかかっていた小児科の先生は、ほかにもおねしょの治療をしている子がたくさんいると話してくれました。四年生でも、クラスに二、三人はいるはずだそうです。ほかにも治療がありますが、ぼくにはくすりがあっているようで、はやくおねしょを卒業《そつぎょう》したいと思っています」

「卒業？」

おねしょって、卒業《そつぎょう》するもんなのか？

「そうです。おねしょにもゴールがあるんです。ところで、海斗は治療《ちりょう》はしていないんですか？」

なんか、いつのまにか、自分もおねしょをしてることになってるけど、まあいいか。

「おねしょって、ママがいってたけど、そのうちなおるんだろ。なおるまで待てばいいじゃん」

「中学生まで待ちますか、海斗」

「中学生……」

中学校の学生服を着て、おねしょしている自分。

想像《そうぞう》したくない。

つい、きいてしまう。

「中学生まで、おねしょってつづくのか？」

「はい。ぼくの場合は、なにもしないままだと、中学一年生までつづくだろうと先生にいわれていました。でも、治療をすれば、それまでにはなおる可能性《かのうせい》が高いと」

「……そう、なんだ。ま、もうおそいから、今日《きょう》はねような」

海斗は部屋のライトを消し、自分のベッドに入った。

パジャマの中で、おねしょパンツのモコモコが気になった。

5●4年1組

翌日《よくじつ》、海斗《かいと》は、亜美《あみ》さんと礼流《れいる》といっしょに登校した。

ゆうべはきんちょうしていたせいか、海斗も礼流も、おねしょはなかった。

礼流たちは、担任《たんにん》の山田先生に案内《あんない》されて校長室へ行き、海斗は教室へ。

教室についてドアをあけるなり、海斗が、

「転校生がくるぜ」

というと、

「えーっ！」

はやくに教室にきていた子たちが、海斗のまわりに集まってきた。

海斗は、ランドセルをうしろのロッカーに入れていすにすわり、取りかこむみんなの顔を見ながら話した。

「ゆうべ、うちに泊《と》まったんだ。名前は吉村《よしむら》礼流。お父さん、飯島総合病院《いいじまそうごうびょういん》の外科医《げかい》だって。頭もよさそうだぜ」

「ねえ、その子、かっこいい？」

クラス一イケメン好《ず》きな奈央《なお》がきいてくる。

「背《せ》は高くて、きりっとした顔してる。まあ、かっこいいといえるかな」

いいながら、つい、自分とくらべていた。

海斗も背は高いほうだし、目がぱっちりしてかわいい、とかいわれることもある。だけど、礼流より圧倒的《あっとうてき》に幼《おさな》い感じだ。

「キャー、イケメンなんだ。ね、ね、スポーツとかするの？」

奈央は身をのりだしてくる。

「ああ。戸島《としま》ゼノビアのアンダー10《テン》に入ってたみたいだ」

「戸島ゼノビア？　それ、ほんと？」

まほが、奈央をおしのけて前に出てきた。

サッカーのことになると、いちはやくききつける。

「で、ポジションは?」

「センターフォワードやってたって」

「それ、うちのチームがいちばんほしいポジションじゃん。なにがなんでも入ってもらおう。家に泊《と》まるくらい親しいんでしょ。海斗、説得《せっとく》して。あたしも協力《きょうりょく》するからさ」

まほは目をギラつかせている。

「わかった」

ちょっとかわったところもあるやつだってことは、いわないでおこう。

「東京《とうきょう》からきました。吉村礼流です。よろしくおねがいします」

礼流が、山田先生のとなりに立ってあいさつした。

「うわっ」とか、「イケメンだ」、とか、クラス中が大さわぎになった。

山田先生が、

「吉村くんのお母さんが、畑宮《はたみや》くんのお母さんと知りあいだそうだ」

そう紹介《しょうかい》すると、礼流がうなずいた。

「きのう、ひっこしてきました。きのうの夜は、畑宮海斗くんの家に泊《と》めてもらいました。母同士《どうし》が親友なんです」

「はい！」

とつぜん、海斗のすぐ前の席《せき》でまほが手をあげた。

先生がまほを見た。

「菅原《すがわら》まほさん、なにか質問《しつもん》ありますか？」

「戸島ゼノビアのアンダー10《テン》にいたんですよね。あたしたちの飯島ＪＦＣ《いいじまジェイエフシー》に入ってくれませんか？」

直球じゃん！　はじめて会ってすぐ、それをきくか、まほ。

礼流の目がきらんと光った。

「サッカー、しばらくやれていなかったんです。はやくボールをけりたいです。海斗くんとおなじチームでやれたらいいなと思っています」

「よしっ！」

まほが立ちあがって、両手をにぎりしめた。

「ありがとうございます。よろしくおねがいします！　ほら、海斗も頭さげて」

まほにいわれて、海斗も立ちあがった。

「よろしくおねがいします」

うれしいけれど、礼流がどんなサッカーするのか、ちょっと不安《ふあん》だった。

それよりも、いま海斗にとっていちばんの問題は、おねしょの治療《ちりょう》だ。

海斗のおねしょが治療してなおるのか、きいてみなければ。

海斗はその日の夕方、ママにたのんだ。

翌日《よくじつ》、学校がおわると、田村《たむら》クリニックへ行くことになった。田村先生は、病気のときのかかりつけの先生だ。

患者《かんじゃ》さんのいすにすわったけれど、今日《きょう》、なぜここにきたのか、自分から話せない。おねがい、とママを見あげた。

しかたないわねという顔で、ママがいった。

「先生、海斗、おねしょがあるんですけど。あの、おねしょって、治療《ちりょう》もできるんでしょうか？　なおせるんですか」

おねしょ、っていうことばがきこえただけではずかしい。ものすごくはずかしい。きいている人がいないかと、まわりが気になってしかたない。田村先生の目を見られない。

先生がいった。

「海斗、おねしょの話、はずかしいか？」

「ま、まあ」

さらに顔が赤くなったと思う。

「あのな」

先生が、いすをまわして
海斗と向きあった。

そして、海斗のひざにちかづいて、
耳元でこそっといった。

「おれもむかし、おねしょしてたんだ」

「えっ！」

おもわず顔をあげた。

「ここだけの話だぞ。

みんなにはないしょだからな」

「はい」

小声でこたえた。

「むかしはな、おねしょなんて、しぜんになおるもんだからっていう時代だった。でもはずかしくて、自分がダメなやつのような気がして、くらくなってたんだよな。海斗もそうか？」

「はい。妹は、おねしょしないし」

「だよな。でもいまは治療《ちりょう》もできるし、心配するな。で、昼にちびることもあるのか？」

ずきんと心がいたんだ。二年生のころまでは、ときどきちびってパンツがぬれたけど、三年生ごろからはない。

「むかしはあったけど、いまはありません」

きちんとこたえるのが、だいじな気がした。

「夜、おきておしっこに行くことは？」

「ママにおこされたら行くけど……」

ベッドに入るといつもストンとねむり、たいてい朝までおきない。

「夜、自分でおきて、おしっこに行くことはないと」

「はい」

田村先生は、海斗のカルテをしばらく見てから顔をあげた。

「お母さん、前に海斗のＭＲＩ検査《エムアールアイけんさ》をしたとき、どこも異常《いじょう》なしでした。生まれつきの問題はないです。まず今日《きょう》は、おしっこの検査をして、二週間くらい、これをやってきてください。説明《せつめい》しますね」

先生は、教科書よりちょっと小さなサイズのノートを、ママに見せた。

「おねしょノート」と書いてある。

海斗ものぞきこんだ。

最初《さいしょ》のページは「なぜ『おねしょ』をするの?」というおねしょの説明で、そのあとに図表がある。

図表には「がまん尿《にょう》」とか、項目《こうもく》がいくつかならんでいる。

「海斗、あのな」

田村先生にいわれて顔をあげた。

「おねしょ、つまり夜尿症《やにょうしょう》は、おしっこを、ぼうこうに、少ししかためられないことと、おしっこを濃《こ》くできないことが、おもな原因《げんいん》なんだ。どちらも体が成長《せいちょう》すればなおっていく。それまで待つか？　おねしょをはやくなおしたいから、きたんだよな」

「はい」

「じゃあ、まず、どれだけ海斗がおしっこをためられるか、はかって記録《きろく》をとる。『がまん尿《にょう》』がなんミリリットルなのか。それを見て治療《ちりょう》を決めよう」

ママが首をかしげた。

「はかるって、どうやればいいんですか？」

「ホームセンターなんかで、５００ミリリットルの計量《けいりょう》カップを買ってきて、もうがまんできない、というところでおしっこを計量カップにとって、どのくらいの量《りょう》かをはかる。これが、がまん尿だ。四年生だったら、がまん尿を、

２５０ミリリットル以上《いじょう》はためられないとな」

「はい」

そのていどのことだったら、自分でもできる。

「夜は紙オムツかな？」

海斗がこたえた。

「失敗《しっぱい》するのは週に２回くらいだから、おねしょパンツとおねしょシーツです」

「記録するあいだは紙オムツにして、夜間のおしっこ量をはかる。まっさらの紙オムツの重さと、おねしょでぬれた紙オムツの重さの差《さ》が、夜間のおしっこの量だ。そして、おねしょしたかどうか、昼に、なにかとくべつなことがあったら、それらをメモしておく。海斗、できるよな？」

「はい！」

ちょっとめんどうくさそうだけど、やってみる。

おねしょがなくなるなら、がんばってみよう。

ねる前の水分をひかえるように、といわれた。

クリニックで尿検査《にょうけんさ》を受けて、帰りに計量《けいりょう》カップと、トイレにおくキッチンスケールを買ってきた。

おしっこをぎりぎりまでがまんして家に帰り、さっそくはかってみた。

計量カップに入れたおしっこを、ママに見せる。

「あーら、がまん尿《にょう》１５０ミリリットルよ。『おねしょノート』によると、がまん尿は、三年生以上《いじょう》だと２５０ミリリットル以上とあるわね。これじゃ、おねしょしちゃうのは、しかたないかもね」

自分はダメなんだっていわれたようで、カチンときた。

「いま、まだぎりぎりじゃなかったから、たぶんもっとためられると思う」

できるか？　できるのか自分。ちょっときびしいかも。

「じゃあ、がんばって！」

ママにはげまされたけれど、その夜、紙オムツをしてねて、よく朝、重さでしらべたら、２６０ミリリットルもあった。

がまん尿が１５０だったから、ねているあいだに、尿が、ぼうこうに１５０ミリリットル以上たまると、もれてしまう計算だ。

これならおねしょするのは当然《とうぜん》だと思って、ひらきなおったからか、そのあと、なんと三日連続《れんぞく》でおねしょをしてしまった。

あ、紙オムツをしていて、安心したせいもあるかも。

十日間で、おねしょ６回。がまん尿は、最高《さいこう》で１７０ミリリットルだ。

まずい。これはぜったいまずい。


十日間のがまん尿をチェックしおえた翌朝《よくあさ》、学校で礼流に、こそっときいてみた。

「礼流、おれ、がまん尿の最高、１７０ミリリットルだった。礼流はなんミリリットルまでがまんできるんだ？」

「ぼくは、最初《さいしょ》は80ミリリットルでしたけど、いまは180ミリリットルまでがまんできます」

「それじゃ、おれとあんまりかわらないな」

「いえ、ぼくの勝ちです」

勝ち負けの話じゃないだろと、つっこもうとしたら、

「ふたりして、なにこそこそ話してるの？」

まほが、おれたちのあいだに顔をつっこんできた。

「ちらっと『おねしょ』って、きこえたんだけど」

まほは見た目はかわいいのに、サッカー命《いのち》のせいか、話しぶりもやることもあらっぽい。着てる服も、よごれてることが多いし、ちょっとざんねんな女子だ。女子グループと話があわないのか、休み時間はだいたい男子と話している。

「いや、むかし、おねしょしたよなって、話してただけ」

あせって、とっさに思いついたことをいう。

FOOTBALL

「なんでいまごろ、むかしのこと」

「登校するときにさ、子ども用のふとんがほしてあるのが見えて、おもいだしてさ」

うまくごまかせたか？　おねしょしてるなんて話がばれたら、まずい！

クラス中に、いいふらされてしまうかも。

「なーんだ」

まほは、それ以上《いじょう》つっこんでこなかった。

ほっとした。

学校でおねしょの話はもうやめよう。

6●おねしょのくすり

記録《きろく》したおねしょノートを持って、田村《たむら》クリニックに行った。

「十日間で6回失敗《しっぱい》か。がまん尿《にょう》も少ないし、この前の尿検査《にょうけんさ》だと、おしっこもあまり濃《こ》くないから、くすりがききそうだな。じゃあ、今夜からおくすりを飲もうか」

ノートを見ながら、田村先生がいった。

「このくすり、ミニリンメルトは、ごっくんと飲んだら、だめなんだ」

「知ってます。友だちの礼流《れいる》が、飲んでるのを見ました。べろの下において、とけるまで待つんですよね」

「知っているなら問題ないな。じゃあ海斗《かいと》くんはくすりを飲んで、お母さんと記録《きろく》をつづけて、経過《けいか》を見ような」
田村先生は、チェックをしたノートをママに手わたした。

その日の夜。銀色シートのくすりを、つくえの上においた。
これが、おれの人生をかえるかもしれないんだ。
くすりに手をあわせる。
「どうかどうか、ききますように」
シートからひらべったいくすりを取りだし、口に入れた。
味もない。においもしない。ただ、じんわりとけていくだけだ。
最後《さいご》はがまんできなくなって、つばといっしょにすこし飲みこんでしまった。
なんとか口の中におけたはずだ。
どうかどうか、ききますように。

翌朝《よくあさ》、海斗はとびおきた。
しばらく、頭がまわらなかった。
そうだ、おねしょのくすりを飲んだんだ。
心配だから紙オムツをつけてねた。
パンツは……。
そっとさわってみる。
ぬれてない！
やった！　やったぞ。
ただ失敗《しっぱい》しなかっただけなのに、
しあわせな気分がわきあがってきた。
階段《かいだん》をかけおりて、ママに声をかけた。
「ママ、今朝《けさ》はだいじょうぶだった」

キッチンで朝ごはんのしたくをしていたママが、ぱあっと明るい顔になる。

「えっえっ、ほんと？　おくすりきいたのかしら」

海斗よりよろこんでいるみたいだ。

「まあ、一日だけだから、まだわからないけど」

「きいてるのよ、うん、すごいわ、おくすりのききめ！」

「きいたってきまったわけじゃないし」

「ああ、今日《きょう》はサイコーにいい日だわ。そうだ、今夜ステーキにしよう！　パパもおこしてつたえなきゃ」

かってにママはよろこんでいるけれど、ほんとにたった一日なんだから。

でも、一日だけじゃなかった。


「ママ、今日もだいじょうぶだった」

「ほらほら、ママがいったとおりじゃない。海斗のなやみがかいけつしたのね。

ママ、今週はほんとうに毎日たのしくて。海斗のおかげよ」

「ママ、まだ一週間、おねしょしなかっただけだよ」

「いままで一週間も、つづけておねしょしなかったこと、あったっけ？」

「ない」

「そうでしょ。くすりがきいてるのよ。すばらしいわ！」


ところがつぎの朝。

なつかしい、ぬれたおねしょパンツが、またやってきた。

おねしょシーツまでは、あふれていなかったけれど。

「ママ、今日はダメだった……」

「あらあ、心配しない心配しない。だって、一週間も失敗《しっぱい》しなかったんだもん。そろそろかなって思ってたわ。ママ、なんだかちょっと、ほっとしてる」

「ごめん、ママ」

「それに、シーツがぬれてないってことは、おしっこが濃《こ》くなって、量《りょう》がへったっていうことでしょ。明日《あした》はきっとだいじょうぶよ、ええ、きっと」

ママのいうとおり、翌朝《よくあさ》はまた、失敗《しっぱい》しなかった。

「一か月で失敗は3回だけか。がんばったな、海斗」

田村先生がほめてくれた。

「がまん尿《にょう》もふえたじゃないか」

「でもまだ、がまんしても、１８０ミリリットルしかいかないし」

「そうやってだんだんなおっていくんだ。いい調子だ。つづけていこう」

ほめられるのはうれしい。

「あ、そうだ。ねる前の水分をひかえるのといっしょに、ねる前の食事の塩分《えんぶん》も、ひかえたほうがいいんだ。お母さん、夕食の塩分制限《せいげん》、だいじょうぶですか？」

「そうなんですか、塩分も。わかりました、やってみます」

飯島《いいじま》ＪＦＣ《ジェイエフシー》の練習場は、港が見える丘《おか》の上にある。

アンダー10《テン》に礼流が入って一か月がすぎていた。

練習場では、ゴール前にだされたボールを、二十人ほどが順にひとりずつ、はなれた場所から走ってきてシュートする練習がつづいていた。

「のろのろしない！　全力で走りこむ！」

ゴール前にボールをける美香《みか》コーチが、げきをとばす。

海斗の番だ。

ゴール前にむかって全力で走り、思いきりボールをけった。

バン！

キーパーにキャッチされてしまった。

「海斗、キャッチされたらダメだよ。コースをねらって打て！」

美香コーチがさけぶ。

頭をかきながら、海斗はうなずいた。

つぎはまほだ。

ボールが出て、まほが走ってきた。右足を大きくうしろにふりあげる。

強いシュートをけるぞ、と思ったら、ボールを軽くポンとけりあげた。

ふわりとうかんだボールは、キーパーの頭をこえてゴールに入った。

「やったあ!」

まほは、ほら見ろ、という顔で海斗を見た。

まほは男子より走るのもおそいし、強いボールもけれないが、スルーパスとか、こういう小わざがうまい。

アンダー10《テン》は、小学校一年生から四年生が入っているが、この地区の女子も、ほとんど男子チームに参加《さんか》している。

飯島JFCの中に、女子は、まほをふくめて三人いる。

つぎは礼流の番だ。

ボールがだされ、礼流が走りだした。大またで、足の動きはおそい。でも気づいたらボールに追いついていて、左足をふりぬいた。

ズバン！

キーパーの手がとどかない、ゴールの右すみに決まった。

美香コーチがいった。

「礼流は初速《しょそく》はおそいけど、長いきょりを走ると速いよね。シュートもキーパーの位置《いち》を見てけっている。大物のにおいがするわ」

「ありがとうございます」

礼流はぺこりと頭をさげた。

全員が打ちおえて、休けい時間になった。

海斗はいちばんはじのベンチに、礼流とすわった。

こそっと耳打ちする。

「おれ、一か月で3回しか失敗《しっぱい》しなかった。礼流にいわれて、田村先生にみてもらってよかった。ありがとな」

「それはすごいです。ぼくはまだ、月に10回以上は失敗ですから」

「でも、おねしょがへるって、いいよな」

「はい。ぼくも海斗を追いこせるよう、がんばります」

「あ、そうだ。ねる前に水分だけじゃなく、塩分《えんぶん》もひかえるって、礼流、知ってたか？」

「東京《とうきょう》にいたときに、先生にききました。だから、吉村家の夕食は、いつも薄《うす》味《あじ》なんです」

「そうなんだ」

と海斗がうなずくと、

「練習、はじめます！　集まって！」

遠くで美香コーチがさけんだ。

「はーい！」

礼流といっしょに立ちあがりながら、おねしょなんてびみょうな話をできる友だちがいるっていいなと、海斗は思った。

7 菅原《すがわら》まほの場合

今日《きょう》も朝から暑い。
七月はじめの月曜日、三時間目の国語の時間だ。
うわ、どうしよう。
菅原まほは、あせっていた。
おなかがいたい。おしっこがもれそう。
なんか、はきそう。頭もふらふらする。
そうだ、おねがいすればいいんだ。
まほは手をあげた。
「先生、おなかがいたいので、トイレに行っていいですか?」

山田先生がやさしい声でいった。

「わかった。行きなさい。顔色わるいぞ。保健室《ほけんしつ》でみてもらったほうがいいな。ぐあいがわるかったら、帰って家で休みなさい」

山田先生は、なにもかもがのんびり屋さんで、さえないけれど、こんなときはやさしくてありがたい。

「はい」

背中《せなか》のほうで、女子たちが「あれ、かもね」とか、ぼそぼそいっている声がきこえる。

生理がはじまったかもって？

ちがうちがう。とにかくおなかがいたいし、はやくトイレにいかなきゃ。

まほはうしろの席《せき》の海斗《かいと》に「じゃっ」といって、ランドセルを肩《かた》にかけ、顔をあげた。礼流《れいる》と目が合った。

じっとまほを見ている。

なんか、礼流に、心の中を見すかされているような気がした。


トイレに行った。

はあっ、まにあった。

かたいウンチもすこし出たから、すっきりした。

でも、ちょっとだけちびったみたい。

生理はまだだけど、ナプキンをつけてきた。

ちびったナプキンを新しいのにかえる。

四年生にもなるのに、おしっこをちびるのはなさけない。

おねしょだって毎日ある。こんなの、クラスで自分だけだろうな。

サッカーでゴール決めたときは、自分のことが大好《だいす》きになるけれど、ちびったりおねしょしたりの自分は、大きらいだ。

保健室《ほけんしつ》の先生にみてもらった。病気の心配はないようだってことで、まほはまた教室にもどった。


休み時間に、海斗は礼流と、ろうかのすみで話した。

「なあ、礼流。さっきまほが出ていったあと、じっと見てたよな。あれ、なに?」

「ぼくも三年生のとき、にたようなことがあったから……」

今日《きょう》の礼流は歯切れがわるい。

「それって、もしかして、おねしょとかんけいある?」

「あります。じつは……」

まほが海斗たちのところへやってきた。

三人は飯島《いいじま》ＪＦＣ《ジェイエフシー》ではポジションがちかいので、いつもそばで練習している。学校でも、三人でサッカーの話をしていることが多い。

「まほ、おなかは?」

「なおった。ほらもう、だいじょうぶ」

まほはガッツポーズをしてみせた。顔色もいいみたいだ。

海斗たちだけにきこえるように、こそっと耳打ちした。

「さっき、おねしょって、きこえたんだけど」

まほはあいかわらず、耳がいい。

「ちがうちがう、それは気のせい」

海斗はきっぱり否定《ひてい》した。

なのに。

「ああ、海斗とぼく、おねしょの話をしてたんです」

なんでいう、礼流。

それ、まずいだろ。

まわりを見た。ろうかにいるのは海斗たちだけだ。

よかった、話はもれていない。

「そっか……」

まほはうつむいている。

「おねしょって、なおるのかな」

顔をあげたまほは、いまにも泣《な》きそうな顔だった。

「なおりますよ。ぼくはくすりで治療《ちりょう》してますから」

礼流がいった。

まほはまたうつむいた。

床《ゆか》に、ぽろりと、なみだが落ちた。

消えそうな声で、まほがいった。

「あたしだけじゃなかったんだ。あたし、あたしのおねしょも……なおるかな？」

えっ、そんな。まほも、おねしょでなやんでる？

女子が、男子にこんなことというなんて、ものすごくきついはず。

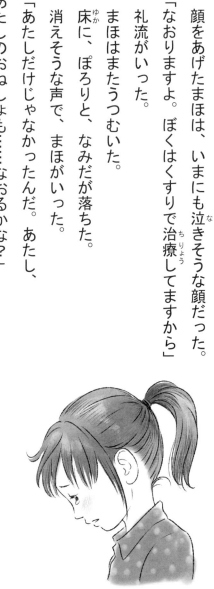

それほどまほは、せっぱつまっているのか。

ところが礼流は、やっぱり、という顔でうなずいた。

「そんな気が、してました」

「どうして？　どうしてそれ、わかったの？」

まほが泣《な》き顔《がお》で、礼流を問《と》いつめる。

礼流は、まっすぐ前を向いたまま、肩《かた》をあげていきをすいこみ、ふうっとはいた。

「もし、もしまちがっていたら、ごめんなさい。さっき、まほさん、おなかがいたいって、トイレに行きましたよね。あれ、もしかして、おもらししたというか……」

「えっ、なんでわかったの？」

まほの顔が、赤くなった。

ええ、えっ！

そんなこといっちゃうのか！　いいのか、礼流。

「じつは、ぼくも三年生のとき、おなじようになって。ぼくはそのとき、病院に行ったんですが、病院でおなじように、おなかをおさえている子がいて、その子の顔が、さっきのまほさんとおなじ、くちびるまでまっ白な顔でした。そして、その子がトイレから出てきたとたん、なおってました。ぼくも、トイレに行ってなおりました。べんぴでくるしかったんです」

「そんなことわかるの？」

「きっとべんぴがくるしくて、ちびってしまったんじゃないかと思いました。ぼくもそうだったから」

そこまでわかるのか。

「礼流すごいな。さすが医者のむすこ！」

「それ、医者のむすことかんけいないです。べんぴでおねしょしたり、ちびることもあるんです」

「そう、なんだ……」

まほは、はあっと、肩《かた》を落とした。

「まほさんは、おねしょの治療《ちりょう》、してないですよね」

「うん。あのね……」

まほは、いおうかどうしようか、まよっているようだった。

「なんだよ、まほ」

はーっと、いきをついてから、口をひらいた。

「おねしょのことといったんだから、もうひとつ、いうね。海斗も礼流も、あたし、大好《だいす》き。信《しん》じてる。サッカーいっしょにやってれば、そういう人だって、わかる」

まほは、海斗と礼流を見てからつづけた。

「みんなにはないしょなんだけど、あたし、かるい発達障《はったつしょう》がいなんだ。ＡＤＨ《エイディーエイチ》Ｄ《ディー》、注意欠如多動症《ちゅういけつじょたどうしょう》っていわれて、専門《せんもん》の病院でみてもらってる。ＡＤＨＤ

の子は、おねしょの子も多いんだって」

「ええっ、まほも発達障《はったつしょう》がい？」

「まほも、って？」

まほが首をかしげた。礼流がいった。

「ぼくにも発達障がい、ＡＳＤ《エイエスディー》、自閉《じへい》スペクトラム症《しょう》のけいこうがあるっていわれてます」

「……そう、だったんだ」

まほがうなずいた。

「発達障がいって、わりにいるんだね。あたしだけじゃないんだ。なんかほっとした」

まほがちょっと明るい顔になった。

「そしておねしょはね、兄貴《あにき》も、中学一年生までおねしょしてた、っていうから、あたしもいつかなおるかなって。だけどこんなこと、はずかしくて、だれにもいえなかった。なのに男の子にいっちゃうなんて、なんだかへんだよね」

まほも、いつかなおるって思いながら、ずっともやもやをかかえていたのか。以前《いぜん》の海斗といっしょだ。

せんたくしてくれるママに、うしろめたい気持ちもあるし、なつみがおねしょしないのに、なんで自分だけ、っていうなさけなさ。

もやもやした気持ちを、背中《せなか》にいつもしょっている感じだった。

「まほ、あのさ」

「なに、海斗」

「おれ、礼流におそわって、治療《ちりょう》をはじめたら、おねしょっていうのは治療できる病気で、病気なら自分はわるくないっていうか、なおせばいいんだって思ったら、もやもやしなくなった。自分はだめだってあんまり思わなくなった」

「海斗。そう思いたいよ、あたしも」

「まほもかぜひいたりしたとき、田村《たむら》クリニックに行くよな」

「うん」

「ぜったい、治療《ちりょう》したほうがいい。さっきみたいに、おなかいたくなることもなくなるし。な、礼流」

礼流が、にこっとわらった。

「はずかしいな。でも、がんばらなくちゃ。あたしもなおるかな」

「はい、きっと」

「よしっ！」

まほはさっきの泣《な》き顔《がお》がうそのように、目をぎらりとさせた。


三日後の休み時間。

まほが練習中のタイムの合図のように、両手でT《ティー》の字を作り、海斗と礼流を見た。

小さくうなずいて、まほのあとをさりげなくついていく。

三人でろうかのすみに集まった。

「病院、行ってきたよ」

まほがいった。やる気満々《まんまん》の顔だ。

「まず、べんぴの治療《ちりょう》だって。計量《けいりょう》カップも買ってきた」

「がまん尿《にょう》、なんミリリットルでしたか？」

礼流がきいた。いつものようにすました顔だけど、これが礼流の、ふつうのしゃべり方なんだと最近《さいきん》わかってきた。

「最初《さいしょ》の日は一〇〇ミリリットルだった」

「たった一〇〇？　おれ、一五〇だったぜ。前途多難《ぜんとたなん》だな、まほ」

海斗は、おぼえたての四字熟語《よじじゅくご》をつかってみた。

いまは一八〇くらいがまんできる。

「でも、べんぴがなおれば、いっきに、ぼくたちをこえることだってあると思います」

「そうなの？　ほんとにそうなの？」

「はい。ぼくはべんぴのときは、最高《さいこう》にがまんして、八〇ミリリットルでしたから」

「あのさ、あのさ、この合図、よかったでしょ」

とつぜん、まほが話題をかえた。

びっくりした。ああ、こういうところが発達障《はったつしょう》がいなのかも。

すました顔で、手で、さっきのT《ティー》の字を作っている。

「タイムの合図ですね。練習中に、コーチがよくやりますよね」

「そうそう。だから、海斗と礼流にはつたわると思ったの。あのさ、なにかつたえたいことがあったら、この合図して、集まるってどう？」

「いいですね、それ。ひみつを共有《きょうゆう》してるようで」

「それそれ。あたしたち、おねしょ仲間《なかま》じゃん。どうせならさ、サッカーだけじゃなく、おねしょでもさ、アシストしあわない？　アシストして、ゴールを

100ミリリットル！

目ざす」

おねしょでもアシスト？　わるくないかも！

「なんかイケてる、それ」

「おねしょの最新情報《さいしんじょうほう》を持ちよって、アシストしあいながら、おねしょの卒《そつ》業《ぎょう》、ゴールを目ざすんですね」

礼流が、あたりまえのようにいう。

三人でにぎりこぶしをあわせた。

海斗が小さく、声をかける。

「おねしょにアシスト、がんばるぞぉ」

「おぅ」

礼流とまほが、ちいさく声をあげた。

8●まほの成功《せいこう》と失敗《しっぱい》

水曜日。二時間目がおわり、休み時間になった。

まほのタイムの合図で、海斗《かいと》たちはろうかに集まった。

クラスで飯島《いいじま》ＪＦＣ《ジェイエフシー》に入っているのは、海斗たち三人だけだ。クラスのみんなは、サッカーの話をしていると思うだろう。

まさか三人でおねしょのそうだんをしているなんて、だれも思わないはず。

とはいえ、なんでろうかのすみでコソコソ、と、いぶかしく思う人もいるだろうから、ほかのだれかがちかづいてきたときは、サッカーの話に切りかえる決まりにしていた。

サッカーの話なら、話すことは山ほどある。

「ぼくはがまん尿《にょう》、二四〇ミリリットルになりました」

礼流《れいる》が口をひらいた。

「おれはまだ二二〇ミリリットルだけど、一週間、失敗《しっぱい》していないぜ。礼流は、失敗は？」

「ぼくは土曜に。でも、回数はかくじつにへっています」

「あのねあのね」

まほが、にやにやしながらいった。

「あたし、がまん尿、二〇〇ミリリットル！」

「なにそれ。このまえ一〇〇っていってたよな」

「べんぴのくすりもらって一週間くらいしたら、何年かぶりにふつうのウンチが出たの。そしたら、ぜんっぜん、ちびらなくなった。それで、どれだけがまんできるかなあってやったら、二〇〇ミリリットル！」

「まああじゃん、まほ」

「それで、夜の失敗は？」

「いやん、それがね、まだ毎日。でもね、こんど田村《たむら》クリニック行ったとき、ミニリンメルトもらうことになってるからね。楽しみ〜」

まほはほんとうにうれしそうだ。

「ちびらなくなるって、うれしいですよね」

「うん！　パンツがぬれないって、こんなにうれしいって、はじめて知った」

海斗も、むかしちびったことはあるが、そんなにおおげさにうれしいものだとは。

「ぼくも、ちょっとおなかに力をいれたり、走ったりするだけでちびってました。家に帰るとパンツはきかえてました」

「そうそう、あたしもそうだった。きれいなパンツでいられるなんて、しあわせだよね」

礼流がいった。

「ひとつずつ、階段《かいだん》をのぼっていく感じですよ、まほ。ミニリンメルトがきくといいですね」


つぎの週の火曜日。

中休みに、まほがタイムの合図をだしたから、ろうかのすみに集まった。

礼流がいった。

「なにもなければ水曜に集まるやくそくでしたよね、まほ」

まほが両手をグーにして、

「ゆうべ、失敗《しっぱい》しなかったんだ！」

声をおさえているとはいえ、あまりのいきおいに、海斗はだれもきいていないかと、あたりを見まわした。

「きのう、田村先生から、ミニリンメルトもらったでしょ。そして、お祈《いの》りしながら、べろの下でゆっくりとかした。どうかどうかって、おふとんに入って、朝おきたら、パンツ、さらっさら。気持ちよかった！」

海斗も声に力がはいった。

「おれもおれも。お祈りしながらくすりをとかして、朝、成功《せいこう》してたときは最《さい》高《こう》だったな」

「これはもしかして、いちばんに卒業《そつぎょう》するのは、まほだったりして」

ところが、翌日《よくじつ》、まほはまた、うなだれていた。

そうかんたんにはいかないのだった。

十日後、またまほが、水曜じゃないのにタイムの合図をだした。ろうかのすみに集まると、なんだか元気がない。

「どうした、まほ、くすり、きかなかった？」

そんなわけないのにと、海斗は思っていた。

「まほさん、なにかあったんですか？」

「あのね、あの、あたしって、いちおう女の子じゃん」

「それがどうした」

まほにしては、しおらしいのがへんだった。

「さっき藤田《ふじた》くんにいわれたんだ。『ボタンずれてるね。どろもついてる』って」

藤田くんは成績優秀《せいせきゆうしゅう》、がっしり体型《たいけい》のイケメンで、クラスを仕切っている男子だ。

「まほは、ときどきそんなことあるよな」

「身のまわりのことをきちんとやれないのも、ＡＤＨＤ《エイディーエイチディー》の特徴《とくちょう》でしょうか」

礼流にいわれて、まほはうなずいた。

「なんだよね。だけどね、いわれたとき、まわりに女の子たち集まってきてたの。みんなの服、きれいなの。あたしだけよごれてた。『ま、いつものことだから』って、にげだしてきたんだけど」

「だけど？」

「やっぱさ、あたし、きたない子なのかな？　なんかそのあと、どどっと落ちこんじゃってさ」

まほは、マンガみたいに、首をガクッとうなだれた。

「服、せんたくしてないわけじゃないよな」

「うん。毎日せんたくしてる。ほしてたたむの、あたしがやってるし。今朝《けさ》、登校するときね、となりのジョンが散歩《さんぽ》から帰ってきたんだ」

「ジョンって、レトリバーの？」

「うん。だから、しゃがんで、いっぱいなでてやった。あのとき、きっとよごれたんだ」

まほのことだから、自分の服がよごれることなんか気にせず、めいっぱいなでてやったにちがいない。よろこんだジョンは、どろのついた足で、まほにとびついて、ペロペロなめたんだろう。

よごれるのもしかたない。

「ボタンがずれてたのは？」
「あたし、出かけるしたくがすぐできないで、いっつもあわててるから。ボタン、よくかけまちがえるんだよね。あー、あたしってだめだ～」
まほが頭をかかえて、
さらにうなだれた。

そのとき、礼流がいった。

「人それぞれ、得意《とくい》なことと苦手《にがて》なことがあります。ぼくはＡＳＤ《エイエスディー》けいこうがあるので、空気読めないところがあるっていわれます。

まほさんは、人とも犬ともなかよくなれる才能《さいのう》ありますよね。まちがえても、なおせばいいいんじゃないですか？」

と、まほのシャツのボタンをかけなおした。

「ってまほ、ボタンずれてるっていわれて、なおさないほうがだめじゃん。おれだって、ずれてること、ときどきあるぜ」

「そっか。いわれていっきに落ちこんで、そのまんまだった」

礼流が洗面所《せんめんじょ》へ走っていって、もどってきた。

まほのシャツのすそのどろを、まずポンポンとたたいて落とした。

「ハンカチぬらして、ちょっとだけせっけんつけてきました。どろならこれでもみこめば落ちるはず」

礼流はまほのシャツのすそのよごれを、ていねいにたたいたり、もんだりしていたが、

「はい。完成《かんせい》です」

「うわーっ、よごれ落ちてる。礼流すごい！」

まほが目を丸くした。

「サッカーウェアで、よごれ落としはきたえてますから」

「礼流ってマメだよな」

「これこそ、アシストですよね。みんなでアシスト」

まほの目がきらっと光った。

「そっか。サッカーとおなじか！　礼流はすばやく反応《はんのう》するのが苦手《にがて》だから、あたし、はやめに目くばせして、ボールだすようにしてる。でも、礼流は全体を見わたすことができてるから、礼流の目線を、あたし、いちばんあてにしてるんだよ」

海斗もうなずいた。

「だな。おれは走るのは速いから、ボールに追いついて単純《たんじゅん》なクロスボールあげるのは得意《とくい》だけど、まほみたいに、相手ディフェンスのあいだを通すようなスルーパスとか、だせないもんな」

「おねしょって部分は、あたしたち共通《きょうつう》の弱さだけど、それについてはできることを全部やってるもんね。そして、いつかそれは、なおるものだってわかってるもんね」

「そうです。弱いところのない人なんて、魅力《みりょく》ないと思います。アシストしあえばきっと」

「だよね」

まほのえがおがもどってきた。

9●サッカー合宿

「飯島《いいじま》ＪＦＣ《ジェイエフシー》の今年《ことし》の合宿は八月十九日に決まった」

練習がおわったとき、監督《かんとく》がいった。

「十九日は、朝から青葉《あおば》スポーツ公園に集合して練習。その日は青葉《あおば》少年自《しょうねんし》然《ぜん》の家《いえ》に宿泊《しゅくはく》する。翌日《よくじつ》は、ブラウジュニアと練習試合《じあい》だ」

「えーっ、また？」

「勝てるわけないよな」

「また負けるわけ？」

つぎつぎに声があがった。

ブラウジュニアは、春の地区大会決勝戦《けっしょうせん》で、海斗《かいと》たちのチームに勝って優《ゆう》勝《しょう》し、その後、県大会でも優勝している。

「いや、サッカーの勝負に一〇〇パーセントはないわよ」

美香《みか》コーチがいった。

「ほら、ワールドカップで、強豪《きょうごう》のアルゼンチンに、弱いと思われていたサウジアラビアが勝ったでしょ。だからサッカーはおもしろいのよ」

「そっか、そうだった」

「そうだよ、地区大会の決勝戦だって1点差《さ》だったんだ」

みんなが決勝戦を思いださせるようなことをいう。

しぜんとあのときのことが頭にうかんできて、胸《むね》がくるしくなる。

おれがシュートしてたら勝てたかも……。

と、そのとき、礼流《れいる》が上着のすそをひっぱった。そっと耳打ちしてくる。

「泊《と》まるのって、ぼくたちにとっては、非常事態《ひじょうじたい》です」

はっとした。そうだ、海斗にとって、はじめての合宿だ。つまり、みんなと

いっしょに泊《と》まるんだ。

おねしょ、失敗《しっぱい》がへったとはいえ、どうしたらいいんだ……。


「あたし、やっぱ、合宿行けない……」

翌日《よくじつ》の休み時間、ろうかのすみでまほがいった。

「あたし、おくすり飲んだつぎの日に、うまくいったけど、まだ失敗の方が多いんだ。むり。合宿なんて、ぜったいむり。紙オムツつけてるとこ、ほかの女子に見られたくない」

そういって、しゃがみこんでしまった。

礼流もいっしょにすわりこんで、まほの背中《せなか》に手をあてた。

「まほがこない合宿なんて、たのしくありません。なんとかならないでしょうか。こういうときこそ、みんなでアシストなんだと思うんですが」

海斗もすわりこんで、ためいきをついた。

「合宿の日、おれたち三人が、みんな、おねしょやらかしたら……」

「つぎの日の試合《しあい》なんて、ダメダメに決まってるじゃん」

まほもさらに背中《せなか》を丸めた。

礼流が顔をあげた。

「ここは、基本《きほん》にもどって、考えましょう」

「そうだな。サッカーだって、どうしたらいいんだってなやんだときは、まず基本、止める、けるに、もどるもんな」

「基本って、おねしょの場合は、なに？」

礼流がちょっと考えて、口をひらいた。

「赤ちゃんは、みんなおねしょしますよね」

「それがなんだって？」

「だからオムツをしている。オムツ的《てき》なものを、まず最強《さいきょう》にするっていうのはどうですか？」

まほが声をあげた。

「あ、そうか。最強のおねしょパンツをはいていれば、失敗《しっぱい》してもなんとかなるかも。あ、そうだ！　あのねあのね、パンツっていうか、おねしょスパッツみたいなのもあるんだって。このまえ、ネットで見つけたの」

思いつくとすぐ、口にするところがまほらしい。

「それはどんなスパッツですか？」

「あのね。ふつうのおねしょパンツは、３００ミリリットルくらいでしょ。あ、いまはスーパービッグっていう６００ミリリットルぐらいのもあるんだよね。あたし、それでも心配。でも、その上におねしょスパッツはくと、もれちゃっても、外に出ないようにしてくれるんだって」

「うん。そうすれば、ふとんに失敗しないですみそう」

「あと、たいせつなことはなんでしょうか？」

「つぎの日の試合で、寝不足《ねぶそく》だったらだめだから、ぐっすりねむらなきゃだけど……」

礼流がすぐにいった。

「それなんですが、ねてすぐ、失敗《しっぱい》するって、ありますか？」

「うーん、わかんない。あたし、いつ失敗してるか、ちょっと」

「おれは、ねてすぐ、ってないと思う」

「うまくいくかはわかりませんが、０時《れい》ごろに、だれかにおこしてもらってトイレに行けば、失敗しない確率《かくりつ》はあがりますよね」

「だれに？」

海斗がきいた。

「あたし、美香コーチにおねしょのことうちあけて、おねがいしてみる」

礼流がつづける。

「それがいいですね。美香コーチは練習中はきびしいけど、いい人だと思います。あと、なにかあるでしょうか？」

まほが考えながら口をひらいた。

「あのさ、ついつい、ゆうごはんに水分いっぱいとったり、塩《しお》からいもの、食べたりしそうだよね」

「それはありますすね。おたがい気をつけあいましょう」

「まさにアシストだな。水注意、塩注意、それから、くすり注意。なんか、だいじょうぶな気がしてきた」

そんな気になる自分が、海斗はふしぎだった。

「うん。やれること全部やれば、だいじょうぶだよね。ま、うまくいかなくても、まわりにばれなきゃ、それでいいんだ。あたしもおねしょのディフェンスしっかりやって、みんなにもアシストして、合宿行こう！」

「そうです。みんなでたすけあって協力《きょうりょく》すれば、だいじょうぶです」

礼流はさらりとそういった。

10 アシストの力

「カレー、おかわりおねがいします！」

海斗《かいと》は厨房《ちゅうぼう》のおばさんに皿をさしだした。

「いっぱい食べなさいね。明日《あす》は練習《れんしゅう》試合《じあい》なんだって？」

ごはんをよそいながら、おばさんがきいてくる。

「はい。この前負けたから、こんどこそ。リベンジマッチです」

「それじゃあ、負けられないね。はい。大盛《おおも》りにしといたよ」

「ありがとうございます！」

海斗は小走りで、長テーブルにもどった。

海斗たちはサッカー合宿にきていた。

最強《さいきょう》パンツの準備《じゅんび》も、コーチへのおねがいもすませていた。

ところが、わいわい食べたり飲んだりがたのしくて、海斗はおねしょのことをすっかりわすれていた。

「仙台《せんだい》のＪ１《ジェイワン》チーム、ベガレックスのマスコットキャラクターのベガルくん、カレーは飲み物っていってたもんな」

海斗はカレーをながしこむように、口にはこんだ。

チームメイトがうなずいた。

「あのチームマスコット、おもしろいよな。飲み物、飲み物」

といって、海斗に負けじとカレーを食べている。

「お水、もういっぱい！」

カレー皿をカラにして、海斗がコップを持ってウォータークーラーへ走ると、まほがいた。

こそっと耳打ちしてきた。

「海斗、みんなでアシスト、わすれた？」

はっとした。そうだった。

「復唱《ふくしょう》してみて」

「水注意、塩注意《しおちゅうい》、くすり注意」

「水と塩、もうオーバーしてるよ」

「だよな。わかった」

海斗はコップに半分だけ水を入れて、テーブルにもどった。

しっかりやらねば。

もし海斗だけしくじったら、みんなにめいわくをかけるもんな。


「海斗、ちょっとこっちへ。あれを持って」

夜ねるまえの自由時間に、みんなが二段《だん》ベッドでまくら投げをしているとき、礼流《れいる》によばれた。

海斗はうなずいて、ハミガキセットを持ち、さっと取りだしたミニリンメルトを、手の中ににぎりこんだ。

洗面所《せんめんじょ》に行き、まずハミガキをした。

そこへまほもやってきた。まほは八月に入ってから、いっきにおねしょがへって、きげんがいい。

海斗のとなりでハミガキをしながら、左手の中のくすりをちらりと見せる。

ハミガキがおわると、三人いっしょに、さっと、口の中にくすりを入れた。

口をとじて、目で会話しあう。

（しっかり舌《した》の下でとかさないと）

（飲んじゃうと、ききめがうすれるからな）

（ここいちばん、はたらいてもらわなくちゃね）

とかしおえた礼流が、そっと親指を立てた。

海斗もまほも、ちいさく、親指を立てた。

真夜中の0時《れい》。

美香《みか》コーチにおこされて、海斗たちはトイレへ向かって歩いていた。

「みんな、よくすぐおきたわね」

ろうかで美香コーチがささやいた。

礼流もまほも、ねむそうな顔をしている。

「おこされるはずなので、ちょっときんちょうしてたかも」

海斗が小声でこたえると、まほも礼流も、ちいさくうなずいた。

トイレから帰ってきたら、なんか安心して、海斗は一秒《びょう》もしないうちにねてしまった。

翌朝《よくあさ》、海斗は、はねおきた。

頭のすぐ上に天井《てんじょう》がある。

そうか、二段《だん》ベッドだ。合宿所だったんだ。

あっと思って、おしりの下に手を入れる。

ぬれていない。だいじょうぶだ。おねしょパンツの中も冷《つめ》たくない。

よしっ！

海斗がベッドからおりてトイレに行くと、礼流がいた。

礼流が、親指を立てたので、親指を立てて返した。

ふたりでにこっと、わらいあった。

トイレから出ると、女子部屋から歩いてくるまほがいた。

なんか、かなしげな顔をしている。

ああ、やっぱりだめだったのか。でも、おねしょをしても、まわりには気づかれていなかったはずだよな。

「まほ、落ちこむなって」

海斗がいうと、まほがとつぜん、にやっとわらった。

「わーっ、だまされたっ、うふふぅ、だいじょうぶだったの」

といって、わらいながらスキップしだした。

「よかったです」

「おどかすなよ」

三人でグータッチした。

がんばってやりとげた達成感《たっせいかん》があった。たいした会話はしていないのに、三人の気持ちが通じあっている気がした。

みんなでアシストできた。

サッカーでも、きっとうまくいく。

今日《きょう》はいい試合《しあい》になる。

そんな気がした。


青空の下、緑の芝生《しばふ》がかがやき、朝のすずしい風が吹《ふ》いている。

ブラウジュニアとの試合がはじまっていた。

前半、相手エースにミドルシュートを決められたけれど、後半開始早々の、コーナーキックのこぼれ球《だま》を決めたのは、海斗だった。

ぜったい逆転《ぎゃくてん》する！

チームがひとつになっていた。

アディショナルタイムに突入《とつにゅう》した。

礼流が、キーパーが大きくけったボールを胸《むね》でトラップし、

「海斗、いきます！」

ふわりとしたパスをよこした。

海斗が足をだそうとしたら、相手ディフェンスが体をあててきた。背《せ》も体も大きな相手が、海斗をはねとばそうとする。

「負けるか！」

海斗は体を一回転させてターンし、ボールを自分のものにした。

BLAU Jr
9
12
7

相手選手をドリブルでぬきさり、前を向く。
まほが手をあげているのが見える。
そして、最前線《さいぜんせん》には礼流が待っている。
たぶん、みんな同じ絵を思い描《えが》いているはず。
「まほ、たのむ！」
海斗は、まほのななめ前にパスをだした。あそこでまほが、ボールを受けて
礼流にクロスをあげてくれれば。
まほが走りこみ、ワンタッチで礼流にクロスをあげる。
礼流が、敵《てき》よりいっしゅん早くジャンプ。
そして、ヘディング！
ズバッ！
ゴールが決まった。

ピーッ！

試合終了《しあいしゅうりょう》の笛《ふえ》が鳴った。

やった！　勝った！　リベンジ成功《せいこう》だ！

「礼流、やったな！」

「海斗のターン、なにあれ」

「マホのワンタッチのクロス、すごかったです」

よろこびあう礼流とまほと海斗のところに、仲間《なかま》が集まってきた。

三人は、もみくちゃにされた。

海斗はころがされ、芝生《しばふ》の上にねころがった。

青空がきれいだ。

やった！

いままでいちばん、勝利《しょうり》がうれしいと思った。

顔をよこに向けると、礼流とまほも、もみくちゃになっている。

ズバッ!

ふたりと目があうと、海斗のところにやってきて、
いっしょに芝《しば》にねころがった。

「ゴール！　決まったな」

海斗がいうと、

「アシストが決まりましたね」

礼流がつづけた。

「つぎは、おねしょのゴールも決めなきゃね」

まほが、わらった。

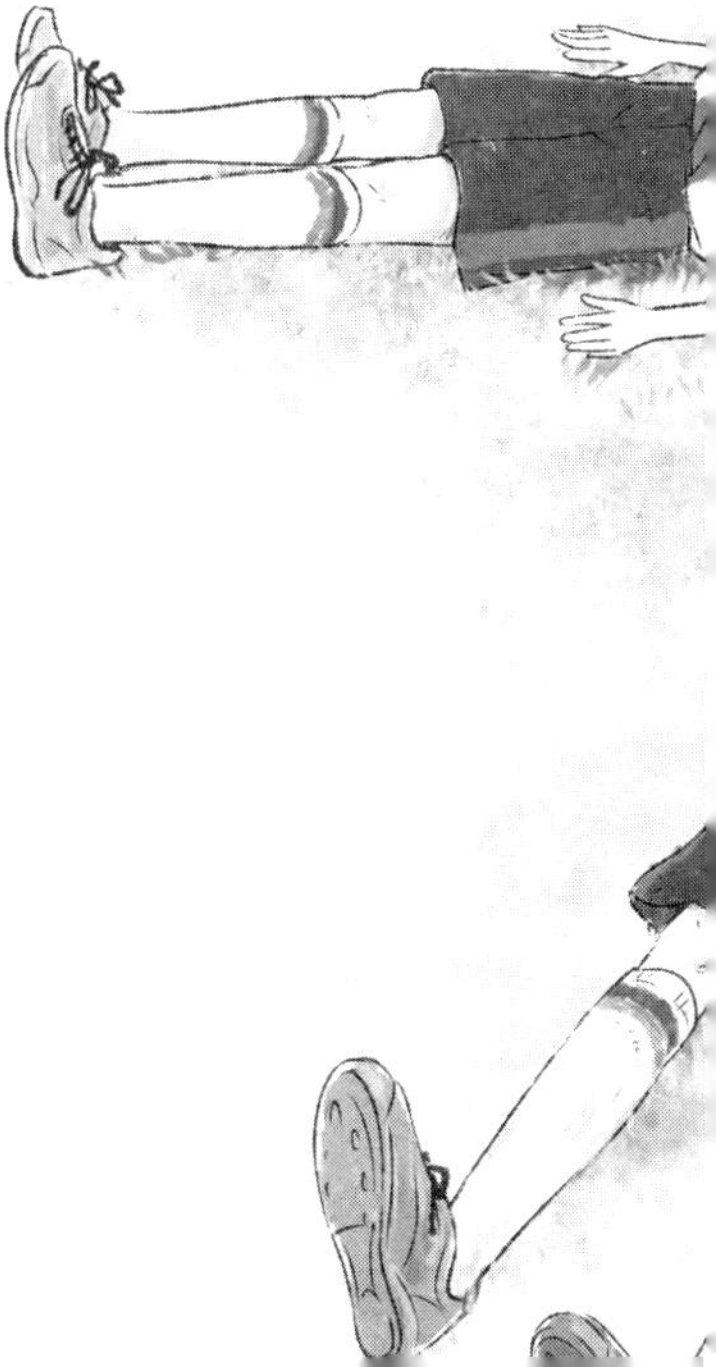

「おねしょ、なやまないで」……井嶋《いじま》敦子《あつこ》

わたしは秋田市追分《あきたしおいわけ》にある今村記念《いまむらきねん》クリニックで、小児科医・後藤敦子《ごとうあつこ》として、子どもの病気をみています。おねしょをなんとかしたいとやってくる子も、毎月のようにいます。けれど、おねしょのことをわかってもらうのは、なかなかかたいへんです。

物語にしたらつたわりやすいかなと、この本を書きました。そして、家族に「サッカーバカだな」といわれるほどサッカーを観《み》るのが好きなので、サッカーにからめた物語にしました。

サッカー観戦《かんせん》していて「すごい！」と思うのは、相手のプレッシャーをかいくぐりながら選手たちがパスをつなぎ、すばらしいゴールを決めたときです。とくに、ゴールにつながる絶妙《ぜつみょう》なアシストに、ぐっときます。おねしょもサッカーのように「アシスト」できたら、なやんでいる子どもたちの力になるだろうなと思いました。

おねしょは、おしっこの調節能力《ちょうせつのうりょく》が未熟《みじゅく》なことがおもな原因《げんいん》なので、ほとんどの子どもは成長《せいちょう》すればなおります。でも小学校高学年でおねしょがあると、どうしても劣等感《れっとうかん》にさいなまれてしまいます。そんなとき、おねしょ治療《ちりょう》が役立ちます。おねしょの治療には、薬のほかにアラーム治療などもあります。

また薬も、本書に出てくる尿《にょう》を濃《こ》くするお薬だけでなく、気持ちを和《やわ》らげる薬が効《き》く子もいます。「おねしょ卒業《そつぎょう》」でネット検索《けんさく》すると「おねしょ卒業プロジェクト」のサイトが出てきます。おねしょの治療をしている近くの病院も検索できますので、ぜひ見てください。

おねしょをしていない子も、この本で、おねしょの子の気持ちに気づけたらいいなと思います。本書の中の海斗《かいと》の言葉「おねしょっていうのは治療できる病気で、病気なら自分はわるくないっていうか、なおせばいいんだって思ったら、もやもやしなくなった。自分はだめだってあんまり思わなくなった」のように、ポジティブに考えられる子がふえることを祈《いの》っています。

作者●井嶋敦子（いじまあつこ）
新潟県にうまれる。小児科医として秋田市のクリニックに勤務し、児童文学を書いている。おねしょに悩む子の助けになればと、本書を書いた。主な作品に『ひまりのすてきな時間割』紙芝居『たべられないよアレルギー』(共に童心社)『東北６つの物語』収載「戦うキリタンポ鍋」(国土社) などがある。「季節風」同人。日本児童文学者協会・日本児童文芸家協会会員。

画家●こばやしまちこ
新潟県にうまれる。広告関連会社でデザイン・イラスト・コンテライターとして勤務ののち、フリーで活動している。主な挿画作品に『風をおいかけて、海へ！』『走れやすほ！ 日本縦断地雷教室』(共に国土社)『エイジズムを乗り越える』(ころから)『こども気候変動アクション30』(かもがわ出版)『ぜんぶもやしレシピ』(世界文化社) などがある。

ゴール！ おねしょにアシスト

2024年11月15日 初版1刷発行

作 者 井嶋敦子
画 家 こばやしまちこ
装 幀 石山悠子
発行所 株式会社 国土社
〒101-0062 東京都千代田区神田駿河台2-5
☎03(6272)6125 FAX03(6272)6126
URL http://www.kokudosha.co.jp
印 刷 モリモト印刷株式会社
製 本 株式会社難波製本

落丁本・乱丁本はいつでもおとりかえいたします。
NDC913/123p/22cm ISBN978-4-337-33669-8 C8391